KB138898

Die Blumen sind eine Decke für die Gedanken
꽃은 생각의 이불

글·그림 방식

마이스터하우스

목화 꽃 소망은 누군가에게
따뜻한 이불이 되어주고 싶습니다.
문명으로 가는 돛폭도 저 목화로 이루어졌습니다.
나는 이제 깨닫습니다.
이 땅에 내가 온 것은 클레오파트라를
만나기위해서가 아니라
목화송이 같은 꽃들과 대화를 위해서입니다.

Gossypium indicum hat die Hoffnung, eine warme
Decke für jemanden sein zu können. Auch das
Stofftuch für den Schiffsmast, der die Menschheit
in die Zivilisation führte, war aus Baumwolle.
 Ich habe es jetzt begriffen: Ich bin nicht auf diese
Erde gekommen um Kleopatra zu treffen, sondern
um ein Gespräch mit den Blumen wie Baumwoll-
blüten.

Gossypium Indicum
May 2019 Shiraz

큰 나무는 곤충과 새들이 깃드는 보금자리가 됩니다.
마음이 넓은 사람은 많은 사람이 모여듭니다.

Ein großer Baum ist ein Nest, wo die Insekten
und die Vögel sich versammeln. Viele Menschen
versammeln sich in der Nähe von jemandem, wenn
derjenige ein großes Herz hat.

타인의 시선을 의식하여 산다면
그것은 나만의 발광체가 아닙니다.
언제 어디서나 높은 가치의 삶은 나만의 발광체를 가집니다.

Wenn man den fremden Blick bewusst wahrnim-
mt, führt es nicht zu meinem eigenen Beleuch-
tungskörper. Das Leben, das immer und überall
hochwertig ist, hat meinen eigenen Beleuchtung-
skörper.

세상은 꼭 뜻대로 되지 않습니다.
꽃이 잎을 보지 못하는 경우도 그렇습니다.
그렇지만 소명을 다한다면 책임은 다한 것이 아닐까요.

Es läuft nicht immer auf dieser Welt, wie ich es mir
wünsche. Es könnte auch sein, dass die Blumen
keine Blätter bekommen. Aber wenn jemand seiner
Berufung nachgeht, wurde vielleicht die Verant-
wortung schon dadurch übernommen.

불교의 나라에서는 공양의 꽃이 있습니다.
꽃은 따지 못하고 떨어진 꽃만이 목걸이를 만들며
매우 신성시 합니다.

In einem buddhistischen Land werden die Blumen
auch als Opfergabe gewidmet. Die Blumen werden
dabei nicht gepflückt, da nur schon am Boden lieg-
ende Blumen zur Halskette gemacht werden, wobei
die Halskette als sehr heilig angesehen wird.

Codroupita gujarensis

사람은 지면 다시 꽃이 피지 않는다고 생각합니다.
그러나 자연의 무궁화 꽃처럼 몇 번이고
더 꽃을 피우는 것이 아름다운 사람입니다.

Der Mensch denkt, dass die verwelkten Blumen nicht wieder blühen werden. Aber ein toller
Mensch sollte wie Gartenhisbiskus sein, weil er
nämlich mehrmals in der Natur erblüht.

Hibiscus Syriacus

예쁜 꽃도 스스로 자신을 보지 못합니다.
사람을 통하여 아름다움을 표현합니다.

Auch eine schöne Blume kann sich nicht selbst
betrachten. Sie bringt ihre Schönheit erst durch
Menschen zum Vorschein.

목련은 별을 보며 핀다고 합니다.
겨울 내내 솜이불을 덮고 있다가
하얀 이불을 펼치며 기지개를 켭니다.
하얀 무명옷을 차려입은 목련은
흰 구름의 친구를 기다리며 창문을 엽니다.

Die Magnolien blühen auf, während sie die Sternen
betrachten. Durch den ganzen Winter waren sie
von der Baumwolldecke zugedeckt, dann strecken
sie sich und entfalten die weiße Decke.
Die Magnolien, hübsch anzusehen in den weißen
Baumwollkleidern, warten auf ihre Freunde weiße
Wolken und machen die Fenster auf.

아름다움은 한 치의 오차도 없는 것으로 옵니다.
바로 꽃으로 오는 그대입니다.

Die Schönheit hat keinen einzigen Fehler, genau
wie Du mit deinen Blumen..

별은 아무리 아름다워도 다가갈 수 없습니다.
꽃이 아름다운 것은 그대 곁에 머물 수 있기 때문입니다.

Auch wenn die Sternen unbeschreiblich schön sind,
wir können sie nicht erreichen.
Die Schönheit der Blumen besteht darin, dass sie
an unserer Seite bleiben können.

꽃은 어둠에서도 강렬한 태양아래서도
모든 것을 혼자서 결정합니다.
결국 인간도 혼자입니다.

Sowohl in der Dunkelheit als auch unter der
starken Sonne, entscheidet eine Blume alles
selbst. Letztendlch, ist der Mensch auch allein.

만약 지구상의 꽃들이 게으름을 피우고
꽃을 피우지 않는다면 벌은 어떻게 될까요?
자연은 질서의 스승입니다.

Was wird aus den Bienen, wenn die Blumen, die
sich auf der Erde befinden, faul sind und keine
Blüten blühen würden? Die Natur ist der Lehrer,
den Ordnungssinn schenkt.

꽃과 나무를 심는 삶이야말로
일생을 통해서 삶을 진지하게 터득하는 것이 아닐까요.

Wenn Blumen und Bäume gepflanzt werden, kann
das Leben vielleicht den Menschen zum wahren
Verständnis des Lebens führen, nämlich während
sener ganzen Lebzeit

꽃이 시장에 나오기까지
농부의 사계의 노동이 들어 있습니다.
그래서 꽃은 진실을 피우는 것이라고 합니다.

Der Fleiß eines Bauern, der in allen vier Jahresze-
iten zu sehen ist, trägt dazu bei, dass die Blumen
in den Markt kommen. Daher sind die Blumen
diejenigen, die die Wahrheit erblühen lassen.

전라도 섬마을 바닷가 해국,
바다의 해녀를 바라보며 꽃을 피웁니다.
해녀의 강인함을 닮아가며 피웁니다.

Aster spathulifolius, auch Hae-Kuk genannt,
lässt ihre Blüte blühen, während sie die Haenyo
(Taucherinnen ohne besondere Ausrüstung in Ko-
rea) am Strand auf einem Inseldorf in der Provinz
Jeolla beobachten. Sie blüht auf, indem sie wie
Haenyo stark wird.

설명할 수 없는 것들은 멀리서 빛이 난다고 합니다.
세상의 것들은 풀리지 않는 방정식이라고 합니다.
한련화와 같은 허브식물은
탐욕을 버리라는 노래가 들리는 듯 합니다.

Es wird gesagt, dass die unerklärlichen Dinge aus
der Ferne leuchten. Es wird gesagt, dass die weltli-
chen Dinge eine ungelöste Gleichung sei.
Es ist so, als ob man ein Lied von der Kräuterpflan-
ze namens Tropaeolum majus hören könnte, das
auffordert, von der Habgier loszukommen.

졸업식에 갈 때 빠질 수 없는 꽃다발,
예전엔 꽃집에서 만들어 준대로 아무 꽃이나 사갔습니다.
이제는 그대를 닮은 꽃을 골라
의미를 담아서 마음을 전하더군요.

Der Blumenstrauß darf bei keiner Schulab-
schlussfeier fehlen. Früher kafuten wir einfach
irgendwelche Blumen, die vom Blumengeschäft
ausgesucht wurden. Heute suchen die Menschen bedeutungsvolle Blumen aus, die sich den
Empfänger vom Strauß ähneln, um das Herz zu
übertragen

모네는 손수 디자인 한 정원에서
'물의 정원' '꽃의 정원'의
명화를 그렸습니다.
모네와 같이 나만의 정원을 만들어 보면 어떨까요.

Monet malte in seinem selbstgestalteten Garten seine Meisterwerke wie "Wassergarten" und "Blumengarten". Wie wäre es, wenn ich wie Monet meinen eigenen Garten gestalten würde?

목단은 부귀를 상징합니다.
중국인들은 특히 목단을 좋아합니다.
옛 선비들도 문인화로 목단을 즐겨 그렸습니다.

Die Pfingstrose bedeutet Reichtum. Die Chinesen
mögen besonders die Pfingstrose. Auch im frühen
Zeitalter zeichneten die gelehrten Männer gerne
die Pfingstrose in Form von Tuschemalerei.

봄의 길목, 라일락이 서있는 골목길에 들어서면
향기가 골목을 휩쓸고 나옵니다.
요즘처럼 하수상한 세상에 라일락 같은
사람이 많았으면 좋겠습니다.

Wenn wir um die Frühlingsecke gehen, wo die
Flieder stehen, ist die Ecke voller Duft. Es wäre
schön, wenn wir mehr Menschen wie Flieder auf
dieser chaotischen und unvorhersehbaren Welt
hätten.

Biscayan de Gomera Douglas

나무와 그 열매는 인류의 변화에 역사입니다.
이스라엘 백성이 광야 40년은 연단의 시간이라고 하지요.
그 광야의 주인공이 바람이 불어 하늘에서
땅으로 떨어지는 지의류, 만나입니다.
만나는 이스라엘 백성과 광야의 시간을 같이 하였습니다.

Bäume und ihre Früchte zeigen die Geschichte der
menschlichen Entwicklung. Für das Volk Israel
waren die vierzig Jahre in der Wüste wie ein langer
Weg des seelischen Wachstums. Manna,die Flechte
und die Hauptfigur in der Wüste, fällt vom Him-
mel auf die Erde, wenn der Wind weht.
Manna begleitete das Volk Israel durch die Zeit in
der Wüste.

물속의 뿌리는 인간과 닮았습니다.
늘 분주한 줄기와 잎을 위하여 노력합니다.
꽃의 아름다운 푸른 빛깔은 뿌리에 의하여
과육의 당도도 뿌리가 책임을 집니다.

Die Wurzel, die unter Wasser steht, hat Ähnlichkeiten mit Menschen. Sie bemüht sich immer, damit der vielbeschäftigte Stamm und die Blätter ihre Ordnung erhalten. Die Wurzel erreicht, dass die Blume ihre schöne blaue Farbe bekommt, wobei die Wurzel auch dafür veranwortlich ist, wie süß das Fruchtfleisch wird.

나무는 무소유를 실천합니다.
여름을 지낸 나무, 너무 많이 가졌다는 후회로
잎을 다 떨구고 가을을 맞습니다.
나는 나무에게서 여행의
가벼운 가방 챙기기를 배웠습니다.

Ein Baum lebt vor, wie man alles loslassen kann.
Ein Baum bereut nach dem Sommer, dass er zu viel
hatte, und daher trennt er sich von den Blättern
um den Herbst zu empfangen. Ich habe vom Baum
gelernt, wie man einen leichten Reisekoffer packt.

Plomeria alba xuberta - Hvitja   Banslik

식물이 바람을 만나면 어제보다 몸짓이 커집니다.
같은 길을 걷는 것은 내 영혼에 의미를 새기는 것입니다.
우리가 연합회를 만들어 꽃 장식의 연구를 거듭하는 것은
식물이 바람을 만나는 것과 다르지 않습니다.

Die Gesten werden größer als gestern, wenn die
Pflanzen auf den Wind trifft. Wenn wir denselben
Weg gehen, wird eine Bedeutung auf meine Seele
eingraviert. Wenn wir einen Verein gründen und
wiederholt Forschungen zu floralen Dekorationen
machen, ist es nicht viel anders als das Treffen
zwischen Pflanzen und Wind.

꽃은 정신의 이불이라고 합니다.
어머님은 하얀 국화꽃 이불을 덮고 가셨습니다.
나는 가벼운 꽃 이불을 덮고 훨훨 나는 꿈을 꾸곤 합니다.

Blumen sind eine Decke für unsere Seele.
Als meine Mutter sich von uns verabschiedete,
war sie von der weißen Decke aus Chrysanthemen
zugedeckt. Manchmal in meinem Traum, fliege
ich durch die Luft, während ich mit einer leichten
Blumendecke zugedeckt bin.

꽃은 희망입니다. 세상의 마음입니다.
등대 불빛이 바다를 읽듯 도서관 뜨락의 꽃들도
밤 새워 세계의 모든 지식을 읽는다고 합니다.

Blumen sind die Hoffnung.
Blumen sind das Herz von der Welt.
Wie der Leuchtturm das Meer liest,
lesen auch die Blumen über Weisheiten
aus der ganzen Welt, während sie über die Nacht
im Bibliotheksgarten stehen.

꽃은 차도르를 입은 눈동자처럼 빛납니다.
에트랑제의 고독까지를 다 꿰고 있습니다.
나에게 소망을 말하라하면 세상 끝까지
붉은 동백꽃 이불을 깔아드리고 싶습니다.

Die Blumen glänzen wie die Augen, die mit einem
Tschador bekleidet sind.
Sie verstehen sogar die Einsamkeit eines Fremden.
Wenn ich einer meiner Wünsche preisgeben soll,
ist es mein Wunsch, eine Decke aus roten Kame-
lien bis ans Ende der Welt zu legen.

꽃은 향수를 만들었습니다.
그러나 한 번도 자신을 드러내지 않았습니다.
겸손은 소리 없는 혁명과 같습니다.

Die Blumen schufen Parfum, aber sie stellen sich
nie in den Vordergrund.
Bescheiden zu sein ist wie eine lautlose Revolution.

세상의 모든 것은 변하고 맙니다.
천년이 가도 변하지 않는 것은
어머니의 사랑과 꽃이 우리에게 피우는 것입니다.

Alles auf dieser Welt ändert sich. Diejenigen, die
selbst nach tausend Jahren unveränderlich sind, die
mütterliche Liebe und was die Blumen uns durch
das Aufblühen schenken.

갈대의 잎은 칼날을 가졌다고 합니다.
갈대는 서로 부비고 살아도 베지 않습니다.
사랑으로 부딪히기 때문입니다.

Es heißt, dass die Blätter vom Schilf scharf wie ein
Messer sind.
Aber diese Pflanzen verletzen sich nicht gegenseitig,
auch wenn sie ständig zusammen sind, weil selbst
ihr Zusammenstoß aus Liebe ist.

Die Blumen sind eine Decke für die Gedanken
꽃은 생각의 이불

1쇄 인쇄 _ 2018년 6월 28일 | 1쇄 발행 _ 2018년 6월 28일

지은이 _ 방식 | 펴낸곳 _ 마이스터 하우스

펴낸이 _ 방식 | 기획주간 _ 최창일 | 간행대표 _ 양봉식
편집디자인 _ 디자잉(조진환) | 인쇄 제작 _ 글로리디 컨엔컴
업무관리팀 _ 방춘이, 방춘화
문학기획팀 _ 조제현, 임승영, 김영아, 방정선, 박진두, 김윤선
자료기획팀 _ 강민경, 전웅, 정기라, 조신자, 정현숙, 문채원, 김성은, 정다은, 정혜린
서울특별시 종로구 대학로 77 (연건동)
전화 _ 02) 747-4563   FAX _ 02) 763-6795
등록 _ 제 300 - 2005 - 163
홈페이지 _ www.bangsik.co.kr
ISBN _ 979-11-960287-7-0